I miei ricordi, la mia vita...

ANTONIO SIBILLA

RICORDI IN VERSI

DEDICA

Questa raccolta di poesie è dedicata a mia moglie, ai miei figli, ai miei nipoti e a tutti coloro che leggeranno queste mie poesie.

PREFAZIONE AUTORE

Mi chiamo Antonio Sibilla e sono nato a Crotone l'8 gennaio 1951 da una famiglia di umili origini. Sono sempre stato un inguaribile innamorato della mia città. Crotone, una città ricca di storia e cultura. La città che ha visto i miei occhi aprirsi al mondo. Una città nella quale ho deciso di vivere. Nel tempo l'ho vista cambiare, ho visto volti amici andare via. Nel tempo ho raccolto immagini, piccoli fotogrammi che ho trasformato in parole e affidate poi ad un foglio così che possano restare per sempre indelebili così che anche chi verrà dopo di me potrà imparare a conoscere la storia di una città che oggi lotta e spera per ritrovare nuovamente la luce della ribalta che merita.

A VITA MIA

Me crisciutu inta Cutroni vecchia
fra via Suriano e via Cutettu.
Quanni veniva l'estate nassitavimi a mezzi i stradi.
Quanno era l'una u vidivi a nessuna
erini dinta ca cucinavi pipi e patati e alici arriganati

Sentivi chiru adduru ma u bitavini
a nissunu puri ca u vulivini bitari
u c'era postu pi mangiari

Pirchì I case erini picculi
u n'erano na reggia
u ci trasiva mancu na seggia.
U ni parramu I di vicini parivimi cugini

Vicini a casa mia c'era a chiesa I Santa Maria.
Di fronte c'era a za Rosulia che era na vecchiareddra
vicini c'era Totonnu cu ra putighedra.
Pi piari u vinu ivimi tutti a ra cantini du zua

Facivini lanceddri e gummuli
I chiri tempi era rara ste parranni I da famiglia da gummulara.
U riscaldamentu u c'era ma tutti avivimi a vrascera.
Quanni faviva friddu mannavini ad ancunu
duvi Tumasu I di Carvuni

Si passavi I via Suriano vidiva cosi belli
c'erani u palazzu I di Ragusa e di Morelli.
E natu e me crisciutu
e passatu tanti anni da vita mia
comi mi pozzi scurdari I chira via

LA VITA MIA

Sono cresciuto nella Crotone vecchia
fra via Suriano e via Cutettu
Quando arrivava l'estate
ci mettevamo a sedere in mezzo alla strada
Quando arrivava l'una non vedevi più nessuno
erano tutti dentro a cucinare
peperoni e patate e alici arriganate

Sentivi quell'odore
e anche se non abitavi lì
non c'era posto per mangiare
perché le case erano piccole
non erano una reggia
ma non ci entrava neanche una sedia
Non ne parliamo dei vicini
sembravano dei cugini

Vicino casa mia c'era la chiesa di Santa Maria
Di fronte c'era zia Rosalia che era una vecchiarella
vicino c'era Totonno con una bottega
per prendere il vino andavamo
tutti alla cantina di zua

Si facevano i lanceddri e i gummuli
in quei tempi era cosa rara
sto parlando della famiglia della gummulara
Il riscaldamento non c'era
ma tutti avevamo il caminetto
Quando faceva freddo mandavamo a qualcuno
da Tommaso quello dei carboni

Se passavi da via Suriano vedevi cose belle
c'erano il palazzo dei Ragusa e dei Morelli
Sono nato e sono cresciuto
ho trascorso tanti della mia vita
come posso scordarmi di quella via

A ZA IUZZA CENTU DUCATI

Ani parrati id i stritti lati.
Mu vu dicu io ca ce nato

Vicini a casa mia c'era
a Za Iuzza Centu Ducati
erimi guagliuni ingenui
ma educati

Si giravi i darreti c'era
a ghiesa I San Petri.
Sentivi tanta allegria
dinta chira pescheria

Cui vicini e puri l'ati
ni sintimmi comi frati.
Mi ricordo ca tutti i mamme
cuminciavanu ida matina
pi si mintiri a cucinà

Tuttu si faciva inta na stanza,
quannu manciavi
si ca ti linchivi a panza

Dinta nu strittu
c'erini dui sori
ca facivani i vascioli
a cu i faciva chiù boni

Erimi famiglie numerose
ma i genitori erini tutti
orgogliosi e chini i bontà
pirchì amu capiti a povertà.
I tempi cambiani venuni
e si ni vani ma i di stritti u ti po scurdari

LA ZIA IUZZA CENTO DUCATI

Hanno parlato tutti degli stretti
ma ve lo dico io che ci sono nato
Vicino casa mia c'era zia Iuzza Cento Ducati
eravamo bambini ingenui ma educati
Se giravi dietro c'era la chiesa di San Pietro
Sentivi tanta allegria in quella pescheria
Con i vicini e pure con gli altri
ci sentivamo come fratelli
Mi ricordo che tutte le mamme
cominciavano dalla mattina
a mettersi a cucinare
Tutto si faceva in una stanza
quando mangiavi
sì che ti riempivi la pancia
In uno stretto c'erano due sorelle
che facevano le polpette
a chi le faceva più buone
Erano famiglie numerose
ma i genitori erano tutti orgogliosi
e pieni di bontà
perché abbiamo capito la povertà
I tempi passano e se ne vanno
ma degli stretti i ricordi restano

L'ESTATE CUTRUNISA

Quanni vena l'estate i cutronisi

sinni vani a Praialonga e da ru Tucanu

quanni i vidi tutti in fila

si ni vannu puru a ra Sila

Fra a Sila a ru Tucanu a Cutroni u resta mancu nu canu

Avimi nu bellu maru

ma u bagnu pochi su fani tutti, lati sinni vani

E vistu n'amico, ma dittu ca ci su nu pochi genti

ma chi sa ca visti, la piati pi tusristi

I negozi ci ni su tanti ma su tutti vacanti

E iutu a ru comunu, u c'era nissunu

Quanni ani iuti e pinzati boni su cumincia

a stessa cosa ara provincia

I Cutroni u ne mai parrati mali

ma ca ra iazza c'era puri u mari

forsi sugnu iu ca ci vidi mali

Aspittami tantu ca vena l'estate

e cu nu caantanti vonni accuntintari a tutti quanti

Mi dispiacia ca sugnu cutrunisu

e tegni a residenza ma e pinzati

i nun ci dari a nissunu troppa cumfidenza

L'ESTATE CROTONESE

Quando viene l'estate i crotonesi
se ne vanno a Praialonga e al Tucano
quando li vedi tutti in fila
se ne vanno pure in Sila

Fra la Sila e il Tucano a Crotone non resta neanche un cane
Abbiamo un bel mare
ma il bagno in pochi se lo fanno
gli altri se ne vanno

Ho visto un amico mi ha detto che c'è un po' di gente
ma chissà cosa ha visto, li ha presi per turisti
Di negozi ce ne sono tanti
ma sono tutti vuoti

E nel comune non c'era nessuno
quando sono andato ho pensato
si comincia bene
la stessa cosa alla provincia

Di Crotone io non ne ho mai parlato male
ma che in piazza c'era pure il mare
forse sono io che ci vedo male
Aspettiamo con ansia che viene l'estate
e con un cantante ci vogliono accontentare

Mi dispiace che sono crotonese
e ho qui la residenza
ma ho pensato di non dare a nessuno
troppa confidenza

MENÙ CUTRUNISI

Si teni invitati ci su I pipi salati e l'alivi scacciati
Si venini puri I figli I pipi I ti bittigli

Ci su chiri fissati piri pummadori assulicchiati
Si vo na cosa bella bruschetta cu ra sardella

Si vo tiniri tutti cuntenti nu bellu piattu I pasta vruscenti
Na ricetta da nostra covatelli cu u sugu e ricotta tosta

U ni scurdami a tradizione come na duminica senza na vrasciola
U na di mancari I pipi e patati e ru baccalà arriganatu

Si vo far calari u vinu furmaggiu pecurinu
e duvi usani fari provuu cu ru pani I granu

Tutti sani comi su boni sutt'olio I mulinciani
Viditi come ca l'ha fatta a parmiggiana
sa truvati ca nescia a lacrima
e su fatti in casa u zazizzu e ra supprissata
Na cosa ca ci vo na buttiglia u vinu I Cirò

MENU' CROTONESE

Se hai invitati ci sono i peperoni salati e le olive schiacciate
se vengono pure i figli i peperoni nelle bottiglie

Ci sono quelli fissati per i pomodori secchi
se vuoi una cosa bella bruschetta con la sardella

Se vuoi fare tutti contenti un bel piatto di pasta bollente
Una ricetta nostra covatelli con il sugo e la ricotta tosta

Non ci dimentichiamo la tradizione
come una domenica senza polpette
Non devono mancare peperoni e patate
e il baccalà arriganato

Se vuoi far calare il vino
formaggio pecorino
e dove si usa fare provano con il pane di grano

Tutti sanno come sono buone le melanzane sott'olio
Vedete come l'ha fatta la parmigiana
si è trovata che usciva una lacrima
e sono fatte in casa la salsiccia e la soppressata
Una cosa che ci vuole una bottiglia di vino di Cirò

A SPICUNATA SUBBU U BARCUNU

Tena ra faccia ca para na pasqua
Tanto che è grassa para va vasca

Sa vidi i quanni a nata tena ri grammi ruvinati
Quannu u zitu l'ha vista nu pocu nuda
c'ha piati na paura
mo u sa come ha di fari a dicisi i da lassari

Mammisa ci na truvatu natu
puri mezzu cicatu
a piati e si l'ha spusata
quanni a sintutu comi vasa
ci la mannati a ra casa

Mo u na vo nissunu
mammisa la misa subbu u barcunu

Na passa na siri unu
ma u la vista ca c'era scuru

Quannu la vista i iornu

e c'ha datu a mana

è statu malatu na simana

Mo daveru u na vo nissuno

chira ci resta subba u barcunu

daveru è nata sfortunata

e a rimastu spicunata

LA ZITELLA SUL BALCONE

Ha la faccia che sembra una pasqua
tanto che è grassa che sembra una vasca

Se vedi da quando è nata è ingrassata
quando il fidanzato l'ha vista un po' nuda
si è preso paura
ora non sa come fare
ha deciso di lasciarla

La madre gliene ha trovato un altro
pure mezzo cieco
l'ha presa e se l'è sposata
quando ha sentito come bacia
l'ha rispedita a casa

Ora non la vuole nessuno
la madre l'ha messa sul balcone

Una sera è passato uno
ma non l'ha vista perché c'era scuro

Quando l'ha vista di giorno
e le ha dato la mano
è stato malato per una settimana

Ora davvero non la vuole più nessuno
quella ci resta sul balcone
davvero è nata sfortunata
ed è rimasta una zitella

U LUNGOMARI I CUTRONI

Avimi nu lungomari e a nu fruttari è na vrigogna
cumincia i da marina e finiscia a Capuculonna.
Quanni ani fattu a passerella
ani dittu ca era bella.

Ma a sira chiri ca ivini a piscari cu ra canna
pinzavani i si truvari all'aeroporto i Sant'Anna.
È bellu da visitari u novu lungomari
ma a machina duvi sa di lassare?

Cu pizzerie e ristoranti e tanti tavolini
i tanta larga a diventati stritta
cu arriva va e s'assetta
se e diri na cosa personale
unnavini ditti che era na zona pedonale.

I cutrunisi su contenti
ma comu su n'avissimu fatti nenti
u sabtu e a duminica genti ci ni su tanti
mintitulu nu cantanti.

Quannu ani iniziati i lavori du lungumari
anu ditti che era u megliu d'Italia
anzi era u numero uno
mo ca l'ami visti un sa d'offendere nissunu.

Si vulimu vidiri ca avimu nu lungomari daveru
u na di finiri aru cimiteru.
Sono un umile cittadino,
se ho sbagliato vi faccio un inchino.

Anch'io voglio una città che brilla
questa l'ha scritta Antonio Sibilla.
Larga la strada e stretta la via dite la vostra che io ho detto la mia.

U MATRIMONIU

È na storia ca vi vogliu raccuntari
i na guagliuna ca si vo spusari
ma a ghiesa nun po truvari

Ma ditti prima a nonna
spusatilla a Capo Colonna
Ma ci piacia a cioccolata
mo a portu a ra Immaculata

Stu misu è bellu e frescu
è puru bellu San Franciscu
Ca ni vulimu beni pi tutta a vita
forsi iamu a Santa Rita

Iu tengu nu bellu nonnu
anni pinzati pi ru Duomu
È na guagliuna bella e cara
puri a Santa Chiara

Cu canuscia ra via
na parrati i Santa Maria
Mani ditti tutti gli amici
iativinni a Papanici

Ancora u nu sapimu
quali chiesa ami scigliri
Ma addi desseri nu matrimoniu fortu
comu na roccia
mi spusu a Sant'Antonio che è ra chiesa nostra.

LA CREAZIONE

Chi guarda in cielo
ammira le stelle e la luna
ma nessuno pensa
che Dio ci guarda da lassù.

Ha creato il mare
che rispecchia il cielo.

Ha creato noi perché potessimo vederlo.
Ha creato i fiori
perché noi fossimo come loro
che nascono, vivono e muoiono.

Chi crede in Dio crede in questo.
Ha mandato Gesù per salvarci
ma la sua piaga più grande è l'umanità.

IL GIORNO DEI MORTI

Vedi su tanta gente scendere una lacrima sui loro volti
per ricordare i propri morti.

Ricordano chi era per dedicare una preghiera.
Si nasce, si cresce ma un giorno tutto se ne va
perché ci aspetteranno nell'aldilà,
quel posto per tutti ci sarà.

Un giorno saremo in molti
perché ci aspetteranno i nostri morti.

Nella vita, la morte è l'unica verità
perché quando si è chiamati non c'è età.

L'ACQUA

Sentiva parrari a dui i l'acqua cerini puliti
e sentii ca si facivani a doccia na vota i misi.
Nani piati in giru e pi cretini
ni fari piari l'acqua a ri fontanini

Manu arrivatu tanti littiri, l'ei aperti e le letti
erini tutte bulletti.
Me fatti i cunti i quante e pagari
conviena accattare l'acqua minerale.

Sa scaricanu fra u comunu e ra regione
e intanto manca sempre l'acqua a Cutroni.
Para ca na porta ra cicogna
ni fani pagari l'acqua e ra fogna.

Quannu chiova e c'è na rottura
l'acqua si chiuda.
Dicini ca simi na città europea oi
e unnavimu nu rannu serbatoio.

Tant'anni fa, pu pagaru l'acqua sani cantinati
ma quanti cristiani l'hani pagati.
Ma quanti cosi amu pagari:
spazzatura, ICI e tassi
ci mancava puri l'italgassi.

Siccome a Cutroni i cosi su tutti probabili
mo si chiamino acqua potabili.
Dicini ca Cutroni tena l'acqua pregiata,
anzi doc come i vini,
chistu pi imbriacari i cittadini.

LA STAGIONE ESTIVA

Cumincia a stagione estiva
speriamo ca fra u beni e ru mali
cumincia ancuna cosa ara Villa Comunale

L'anni scorsi ani arrivati
attori e cantanti
pi l'esattezza i cantanti su stati sei
erini tutti i musei

Aspettami tanti misi
quanni avimi i cutrunisi
quanni finiscini a passiata
vani a ra villa a passari na sirata

Manchini tanti i chiri cosi a Cutroni pu diri nenti
L'entrata u na faciti a pagamento
forse chidimi troppi
ma tuttu finiscia inta nu misi
ma u cumuni nu regalu
ciu po' fari ari cutrunisi

Dicini ca ci su i turisti
e cu la visti
Cutroni è comi na mamma
ca tena i figli fora
chiri ca consumini na pizza
e na coca cola

I CANDIDATI

Ne vistu unu
a dittu ca vo iri
a ru comunu

Ne vistu n'atu
dicia ca sa candidatu
mo u sacci come e fari
u votu a cu ci le dari

Po si vanu aru comunu
u canuscini a nissunu
Mo u sanu mancu si vanu
ti salutanu u lutanu

Quanni i sordi
erini pochi
u vuliva iri nessunu
mo ca i sordi su tanti
voni iri tutti quanti

Ani misi avvocati, dottori e muratori
mo e pinzati
i strinciri i denti
e a vutari u ci vai i nenti

I FUNCIARI CUTRUNISI

Si lizani ari matinati
tutti preparati
misi in fila
pi iri ara Sila

U si pensa a ru costu
ognuno tena nu postu
Tra alberi secolari,
pini, abeti e castagni
ma chiri ca ri inchianari
su i muntagne

Ma a unu a unu cu nu bastunu
e nu cestinu a cercari nu purcinu
ma u cutrunisu fa comi nu ritu
e nu su coglia rositi e vavusi

Ma a iurnata po' essere movimentata
pirchì è bona l'annata
Ma vidi ca su tanti cu sicchi e cascette
ma chiru ca va cu ru cestinu cerca u re u porcinu

Ma si ricoglini
cu na piati assai cu nenti
ma su tutti cuntenti

Certe vote si fa sira
ma è bellu stari a ra Sila
Ricurdamini cu fungu è golusu
e po' essere velenusu

NATALE IN CASA CUPIELLO

Ogni Natale è sempre cchiu bellu
chistu Natale in casa Cupiello
Tutta la gente lu sepe
io aggio fatto u presepe

Cu i luci, a grotta e i pastorelli
quantu su belli
Tutti fanni i regali
tutti brillanti come i fanni i Re Magi

Tengu nu figliu e na figlia spusata
viene nu signore ca fa u galante
che è di mia figlia l'amante

A mio figlio u presepe nun ce piace
ma l'aggi fa pi truvare la pace
Quante cose si sentono e si dicini
vulissa ca fussa na famiglia felice

Quannu mi sentu male
spero di vidiri n'atu Natale
U presepe è povertà
tutta la gente vicina sta

Per alcuni di voi il Natale è bello
ma questo è il Natale
in casa Cupiello

A CADUTA

Sugnu statu a ra casa malatu
pirchì da scala e scivulatu
È statu u iornu du compleannu
u mercoledì scorsu
manu purtatu a ru pronto soccorso

Mava successu ca subba l'ossu sacru
u si capiscia come sava gonfiatu
Ani vinuti dui medici
uni c'ha ditti a l'atu cami fari
l'ami aspirari

Iu ca curaggiu ni tegnu tantu
e a paura era da mia
c'è dittu si putiva
iri in ortopedia

Quannu ma vistu u dottore
e sintutu che ei dittu mamma mia
c'ha dittu i mi fari na radiografia

Cu na siringa e n'agu grosso
m'ani tiratu u sangu
cche era vicinu l'ossu

Mo sta tuttu a mia
u mi fazzu a terapia
Mo sugnu cu a cassa mutua
ve cuntatu come è stata a caduta

Mi ricordu ca l'antichi dicivini
si sta pi cadiri e u t'aiuti
statti attentu i di vasci cadute

A TE DONNA

Per far felice una donna
basta un piccolo dono
L'uomo è felice
se riesce a spendere poco

Se pensate che
un dono sia gradito, regalatelo
prima che ve lo chiedano

Se una donna riceve un dono, dona
L'uomo se non dona
non può pretendere

LA CORRIDA

Con applausi e grida
siamo qui alla Corrida
Ci saranno il vincitore e i perdenti
ma saranno tutti contenti
di essere stati concorrenti

Il pubblico è sovrano
e griderà per il più bravo
È una serata ideale
per stare tutti qui
alla Villa Comunale

Perché tutto ciò ci sia
per stare insieme in allegria
Siamo veramente in tanti e non è poco
grazie all'organizzazione
del Comune e della Proloco

Cosa dire della Villa Comunale
veramente nu bellu postu
per passare le serate d'agosto
forse non lo sanno
ma sono tutti allo sbaraglio

Passeremo insieme delle ore
per vedere chi è il migliore
e adesso stringiamo i denti
che arrivano i concorrenti
Accogliamoli con un viva
diamo inizio alla Corrida

AMORI PI CUTRONI

I Cutroni parra d'amore
Pasquale Senatore
na fatti tanti riunioni
quannu era all'opposizione

Ma quannu a iuti a ru Comunu
ha diventatu u numeru unu
Si senta n'allenature
u sindaco Senatore
A fattu a formazione
e c'ha riusciutu a combinazione

Quannu c'è u consiglio comunale
un si fa consigliare
dicini ca tutti i lavori l'avivini in cantiere
ma Senatore l'ha fatti daveri

Comi a gatta cu n'arriva aru lardu
l'anu chiamatu puru bugiardu
L'ani guardati sempre i malocchiu
c'anu ditti che è comi pinocchiu

Ha fatti strade, ponti e funtanini
u parcu pignera cu ri giardini
Ma sempre dicini cu na fattu nenti
ma u sugnu sui era di far nu monumentu

Tutti chiri ca fatti pi ra città i Cutroni
l'ha fatti con onore Pasquale Senatore
Subba i decisioni ci penzi e ci ritorni
ci vediamo tra quindici giorni
ogni lavoro fatto ve lo dico e ve lo indico
parola del vostro Sindaco

U COMUNI I CUTRONI

Il Comune di Crotone cerca un'area da tanto
per adibirlo a muro del pianto
dopo quello di Gerusalemme
Se le serate sono belle
si possono graffiare la faccia
e tirarsi i capelli
Da tutti c'è un lamento
forse chiuderanno
l'ufficio di collocamento
A parlare si comincia,
forse tolgono pure la provincia
e al comune di Crotone
resta solo Peppino Vallone
Se ti senti male
non puoi andare all'ospedale
se vai al pronto soccorso
ti fanno pagare
quello di quest'anno e dell'anno scorso
C'è un problema vero
non ci sono neanche posti al cimitero
Prima parlava qualcuno
agli altri di Crotone non gliene frega a nessuno
Sono anni che l'anno iniziato
dovevano fare un teatro
vero, forse diventerà un museo
Si legge sulla stampa milioni di euro per Crotone
si soffermano i miei pensieri
ma forse i soldi arrivano a piedi
Se arrivano dalla 106 te li danno se ci sei
se non trovano a nessuno se li dividono metà per uno
Me ne voglio andare da Crotone e dalla Calabria
ma per tenere mia moglie contenta
forse me ne vado pure io a Cosenza

I VECCHI PUTIGARI I VIA ROMA

N'ani passati anni e misi
mò vi cuntu comi su misi
Duvi c'è chira buca
c'era Giovanni De Luca
Di fronte c'è ru bar
va a matina pi nu cafè
e ti sbrighi a ri tre

Poi c'è cornacchia dinta
fora c'è Michelinu chiru du tabacchinu
cittu cittu senza fari lotta
a vinutu puru Giangotta
L'orologiaio Macrì
na volta dicia no e na vota dicia sì

Ha sempre venduto di punta
ma quando ha tuccatu u taccu
c'ha iuti mali a Totonnu Sacco
Vinnini robba pronta pilusa
duvi i fratelli Amoruso
si pochi vo pagari
si mintini a gridari

Vicini tenini a pollicini
ma era bellu quannu c'era Lambitelli
Stani sempre chiusi mai
a mezza via chisti su i fratelli Anania

C'è na bella coscia
cu na bella natica all'informatica
mo sa misi in pensione ma pi l'età
era nu capurale chistu era Mariu Napulitanu

A ru latu du narciapiede
ci n'è unu ehiru è ru cumunu

Dopo tant'anni a vinutu passeggiannu
pirchì facivini na porcheria
ani chiusi a pizzeria
Si vulivi na medicina
u na truvavi a ra farmacia

Nu motorinu, na moto cu ti marcia
va duvi scamarcia
ti vo vistiri i linu
va duvi Lentini

Pi nu cafè veloce
a iri duvi Noce
I capelli ti vo fare biondi e neri
c'è u saloni i di parrucchieri
Si vo tiniri a panza in allegria
duvi punzu a ra trattoria
cu zagaresti e spilli sa fatti i sordi Casillu

Dinta nu parrucchiere
guardanni cu n'occhio e visti a nu finocchiu
Quanni ani arrivati l'ani piati
pi danesi invece su baresi
Avi giraru pi n'ura
mò c'è l'arcobaleno cu frutta e verdura

Se a machina si ferma e u camina
fermati a ra benzina
Na vota c'era ra fila all'opera Sila
Ma i putigari i via Roma
ani penzati a si fari a grana
mo su tutti morti i fama

Po darsi ca mi ne scurdatu ancunu
ma u sa d'offenderi nessunu

IL CROTONE

Il Crotone è la squadra dell'amore
che unisce tutti quanti
piccoli e grandi
Entra in campo con umiltà
per far felici gli ultras
che con il cuore e con onore
lanciano un solo grido: Forza Crotone
La squadra dà sempre di più
ai tifosi rosso-blu
Ci unisce per la vita
la vittoria di ogni partita
Ma non finisce qui
perché ora siamo in Serie B
Vengono da tutti i paesi
ma il grido più forte è dei crotonesi
che lo curano come un fiore
tutti gridano: Forza Crotone

IL CORONAVIRUS

Passare le giornate chiusi in casa non abituati
e non poter passeggiare sul lungomare
con quel suo colore azzurro e avere paura

Passi le ore davanti al televisore
a sentire le notizie che ti fanno sentire male
Il Coronavirus che ti fa ammalare
e a quanto si dice si piò anche morire

Ma bisogna sperare
che presto se ne possa andare
Stanno passando giorni e mesi
stiamo tutti uniti noi Crotonesi
Scorrono i giorni per noi
adulti, giovani e bambini
stiamo tutti uniti noi

PELLEGRINAGGIO A MARIA

Tu ca si a mamma i tutti i mamme e di tutti i nonne
nui ti portamu a Capu Colonna
E ra notte tutti i genti all'arrembaggio
pi chiru lungu pellegrinaggiu

S'arriva aru cimiteru, c'è cu va e cu vena
c'è cu pensa a na preghiera
Si fa l'alba e ru cantu i l'aceddri
simu all'irticeddru
e ara pietra na sosta ca tutti ani fari
guagliuni, giuvini e anziani

E ogni tanto pira via
tutti ca gridano "Viva Maria"
e pinzari a ra storia ca mi cuntini i nonni
quannu mi parrini i Capu Colonna
Erini muntagni
u c'era ra strada ma c'era na via
chira ca purtava a Maria

Ma u pellegrinaggiu continua
c'è cu sona, c'è cu canta comi l'usanza
S'arriva a Capu Colonna versi i matinati
tutti i genti stancati
Ma a Madonna ha fatti chira strada duvi è stata truvata
Vidimi i sacrifici ca fanni i ranni e i bambini
ma chiru chiu forte è chiru di Portantini

IL SETTENARIO DI MARIA

Sette anni sono tanti
Ma ti aspettano tutti quanti.
Col tuo volto scurito
Festeggiamo il tuo rito.

La gente è in allegria
Per te Maria.
Tutti i figli vogliono bene alla mamma
Tu si a Madonna ranna.

C'è come un gemellaggio
Nel tuo pellegrinaggio
Ritorni dove sei stata trovata
In una chiesetta, per te Maria, è stata preparata.

Guardando la luce della tua corona,
che solo a Te dona.
Vengono a Te a pregare
Perché Tu li puoi aiutare.

Forse quello che Ti chiediamo è tanto
È di coprirci con il tuo manto.
Vengono da tutti i paesi
Ma la festa più grande è dei Crotonesi.

I MISI COMI MANCINI I CUTRUNISI

Vi dicu i misi comi mancini i Cutrunisi
A gennaio quanni fa friddu
e trimini i denti nu bellu piattu i pasta vruscentu
E a febbraio che è Carnevale
zazizzu friscu e maccarrunni cu carni i maiali
e pi ra sira vinu ignalatina
Po sintiri a iurnata fridda
ma cu nu cappucciu verza e broccoli stufati
e nu morzi i lardu passa puri u misi i marzu
Ad aprili mi ricordi a zaiuzza ca mangiava papati e cucuzza
Quanne è maggiu pasta e ricotta e risu e formaggiu
mi diceva sempri a nonna ca c'è a pitta da Madonna
Giugni ca ci su i mulinciani
si fani certi parmigiani
e pu fari a panza spaghetti cu pummadoru friscu e fatta cu a sarza
Lugliu pi fari a linea e si mantiniri fini
mangini muzzarelli e zucchini
Pi passari puri agosto frutta, verdura e na fettina d'arrostu
Quattri vavusi zazizzu tostu e provulunu
l'alivi ci su sempri, chisti a settembri
E a ottobre c'è tanta i chira roba i tutti i tipi
ma preferiscini patati e pipi
A novembri rapini i tini
ma nui l'accattami i vini
u mintimi inta na capaseddra
comi cala cu sa sardeddra
pruvati a ricotta tosta subba i covateddri
viditi comi scinnani i capaseddri
Dicembre che è Natali
a tradiziona si sa pasta e alici e vrascioli i baccalà
Pasta al forno u na di mancari a frutta
Tutti l'anni, nuci, nucistri e castagni
Puri ca l'invitati poni d'esseri tanti
nui brindami cu ru spumanti

A TREDICINA I SAN'ANTONIO

Tutti i fedeli ogni sira
ti fani a tredicina
Tutti i mamme ti vidini comu nu gigliu
tutti penzini a nu figliu

Tu ca i luntanu si arrivati
pi chiri ca fatti tutti t'anu amati
I sacrifici na fatti tanti
pi chisti t'ani fatti santi

Ti vidimi comi nu santu umanu
i contadini ti pregni pi ru granu
ma tu si conosciutu i tuttu u munnu
ti festeggiano u misi i giugnu
I da terra nostra passa u mar Ionio
penzaci tu Sant'Antonio

CROTONE

Anche se si sta male
stanno tutti a guardare

C'è chi vuole che Crotone muore
noi ci culliamo solo del sole

Io voglio vivere dove sono nato
e di andarmene da Crotone non ci ho mai pensato

La gente vuole che Crotone non muore
Abbiamo il porto e il lungomare
ma qui le cose vanno sempre male

Qui si grida tutti in coro
perché manca il lavoro

Ma con rispetto e con onore
resteremo qui a Crotone

C'è solo una colonna
non ci resta che pregare la Madonna di Capo Colonna

Se il miracolo lei ci farà
forse nessuno se ne andrà

Aspettiamo anni, mesi
ma quando ci svegliamo noi crotonesi?

È CADUTA LA NEVE

Cade la neve sul mio paese di mare
che meraviglia vedere la spiaggia imbiancata
Il mare non perde il suo fascino
i bambini giocano con la fantasia
sul manto bianco in allegria

Al sorger del sole torna il baleno
che la neve si porta via
il mare torna azzurro
e si bacia con il cielo

Della neve il ricordo resta
nella città di poeti e di mare
Un gabbiano sfiora la salata acqua
e poi riprende il volo
io dalla finestra lo guardo
e così termina il mio canto

Printed in Great Britain
by Amazon